JN325924

系族

守中高明

思　潮　社

系　族

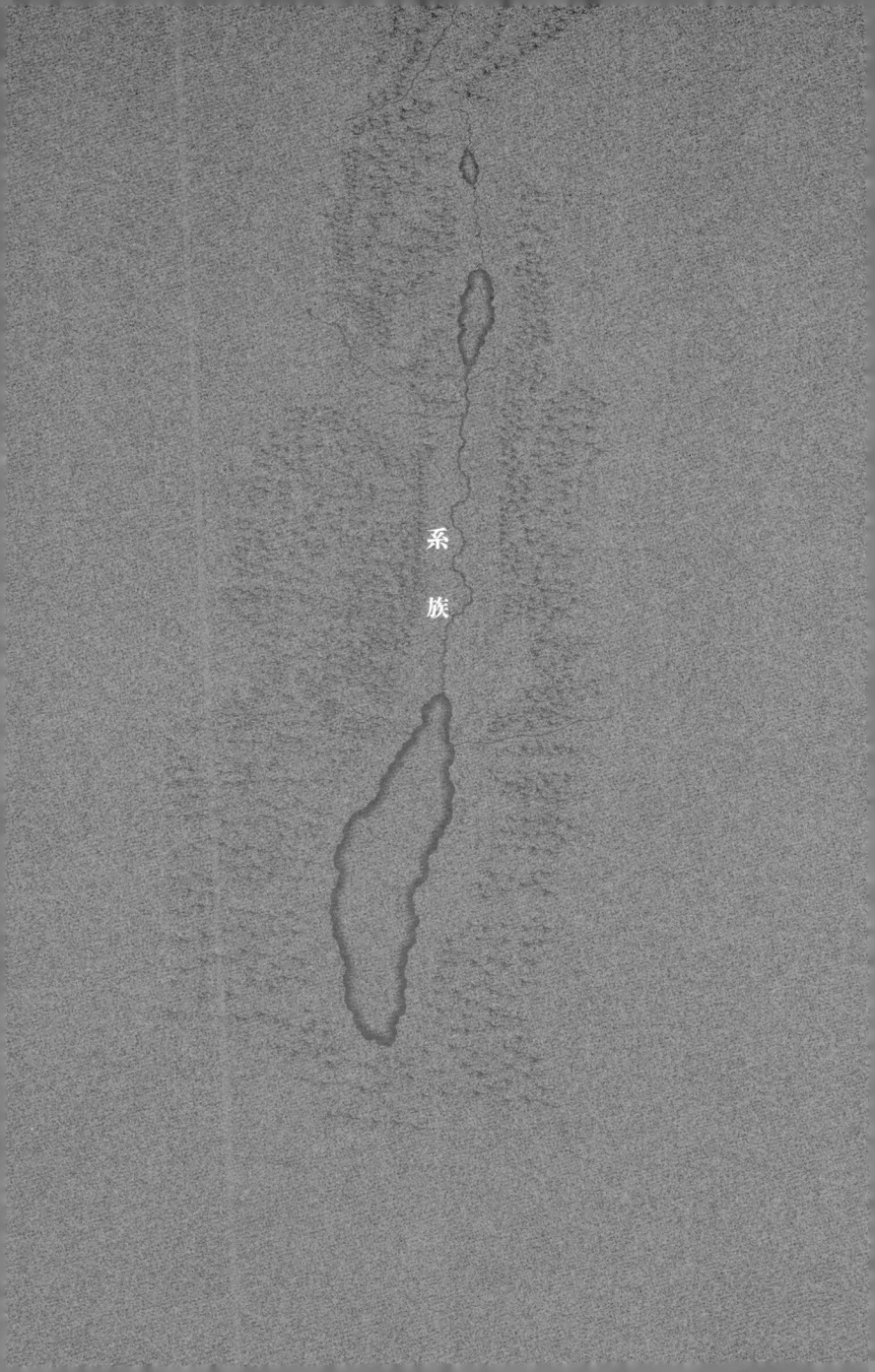

守中高明

系族

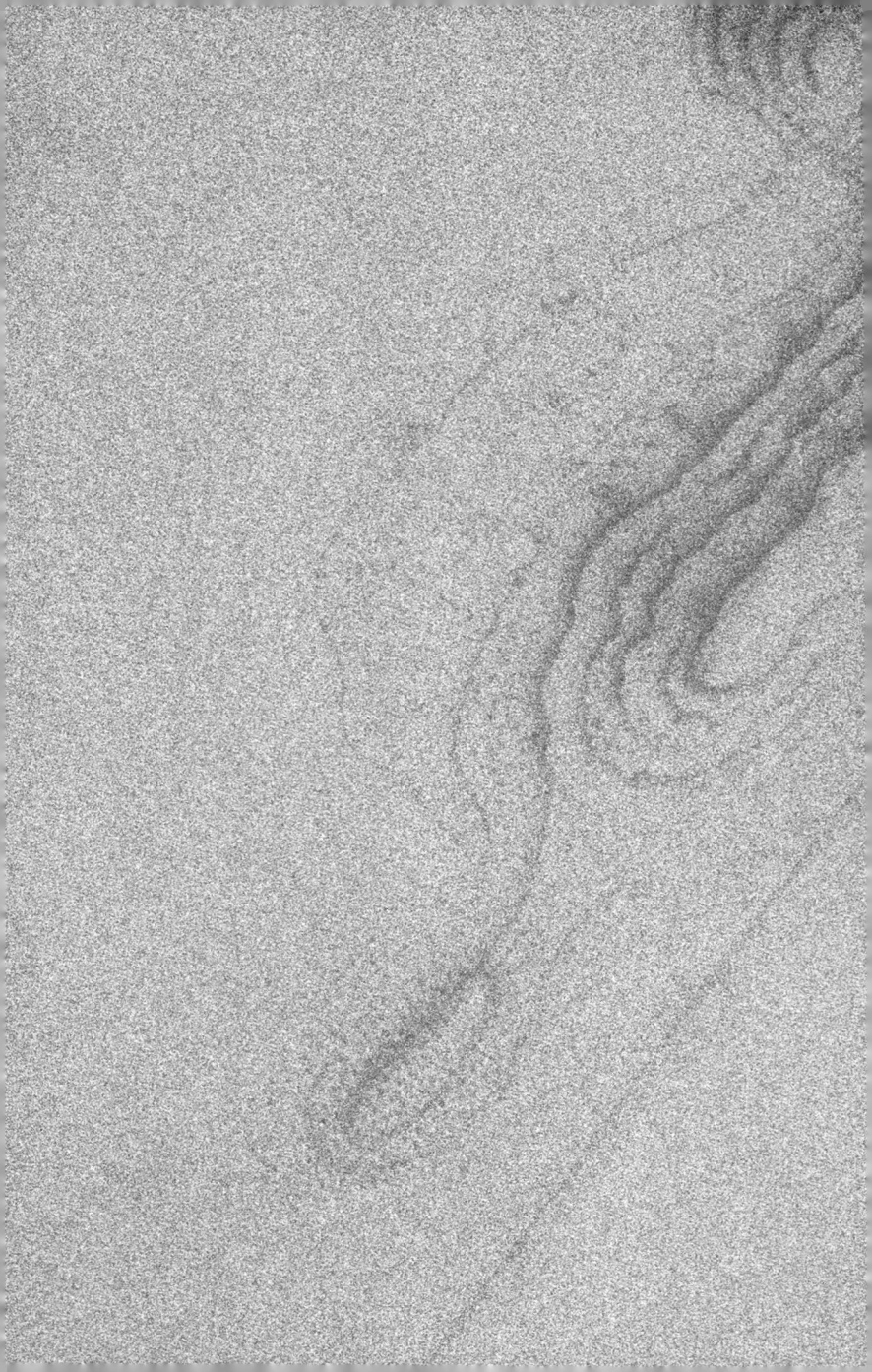

斑

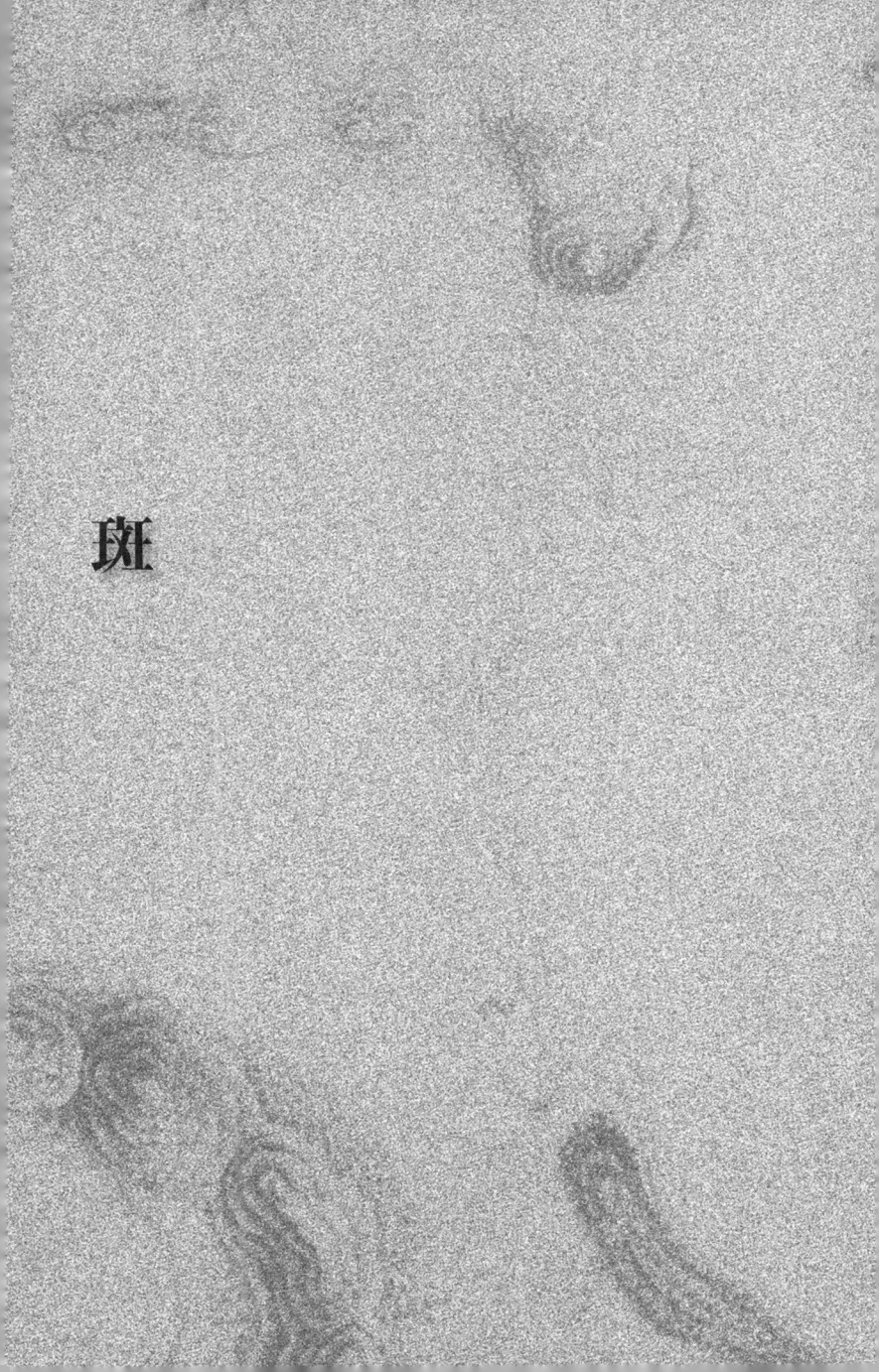

亡き時刻から、亡き系族から剝がれて
舞い上がろうとする闇の伽
その聞こえぬ文に
今また一つ
見知らぬ影が憑く
干乾びた藻の湖から罅割れた塩の潟へ
滲むように這ってゆくのは
死せる父の記憶か、それとも生ける蟲たちの性か
遠くまで
砂の果て
海市の果てまで
白い喘ぎが続いている
もう二度と帰れぬ土地
遡ることのかなわぬ血の閾

今日、わたくしという
一人の啞者の手が伝えるのは
懐かしい出会いの約束でなく
飢えた救済の望みでもなく
ただ
結宇の物語を打ち壊す
槌の一撃だけ
だから
告げねばならぬ
あたたかな肌の人
透きとおった言葉の糸を紡ぐやさしい人よ
わたくしの在ることは
すでに解きえぬ一つの枷
すでに無限の錯乱である
氓と呼ばれた過去から

誰にも呼ぶことのできぬ明るみへ
繰り返し生まれ出る
わたくしという溢れ
だが
いったいなぜ
それはどんな響きにも抗うのか
このとめどない溢れは
なぜつねに
人の息を断ち
回帰する砕けた骨片のような時間のなかで
つねに漂う沈黙の碑と化してしまうのか
——語ること、語ること
それは、おお人よ
降りやまぬこの漆黒の謎のなか
雪のように静かに覆う光のなかで

ついに
死者の行ないであるのか
わたくしという独り生ける死者のみに許された
終りのない賭けであるのか

口には出せぬ
わたくしの、否
わたくしたちの過去からやってくる
狂った香り
苦界の祈り
澱
斑

いつかわたくしたちの名が

いつか、わたくしたちの時が訪れるとしたら
いつか、わたくしたちがこの苦界を離れる
幻の時刻が訪れるとしたら
それは苦しみの表皮の裏側
終わりなく鳴りつづけた鐘の後
人の呼び声の鎮まる
まばゆい夜の凪のなか

いつか、わたくしたちの名が呼ばれるとしたら
それは
震える一つの闇に生える
一つのかぼそい茎のなか

ねえ、覚えているでしょう、ねえ、あたしがまだ真っ白な繭の微笑みを湛え、白い正午の光を浴びて真昼の幸福につつまれていたとき、あたしがまだ途絶えることのない蜜の流れであり、この青々とした草むらをいちめんに浸していたとき、そのとき一つの掟が告げられたことを、そのとき誰にも聴こえぬ一つの秘密の掟が告げ知らされ、世界が一つの、いえ無数の解かれるべき秘密の文書となったことを、あのとき、あたしのふたつの豊かな白い乳房に斑の記憶が浮き出してきて、斑の記憶には覗き込むことの許されぬ深淵が穿たれており、ぱっくりと口をあけたその深い淵をそれでも禁忌を破って覗き込むと、そこには流滴の父祖たちの古い名前が綴られていたのでした、それはまるで折り重なった骨のよう、鉛色に染まる骨たちの表面に刻まれたたくさんの傷跡のようでした、蟲たち、でなければ羽のない蛇たちに似たその蠢く痕跡にそって、かすかに人のものでもある視線を走らせて行くと、あたしにもはっきりと分かりました、父祖たちの食べた時間が痛ましいものであったこと、人の名には属さぬ、けれども温かな血を流す切れぎれの糸であったということが、なんという過去、なんという物語！　骨片に棲まう蟲たち、けっして生きられたことのない雪！　でもあたしは叫ばない、固く結ばれた肛門に似たあたしの灰色の唇がこの血族の物語を語ることはない、なぜって、あたしはまだ生まれていないから、いつだってあたしは生まれる前に遠い過去へと折り返され、どんな在ることからも逃れていった未生の過去をただ一つの未来への約束に変えるほかないのだから、いつだってあたしは人の手で包まれたことのない今を、皺だらけの嬰児の手の中で握り潰し続けるほかないのだから、もうすぐです、誰ひとり語る者はいないとはいえ、忘却のなかに吊られたあたしの出自が剝き出しになるときが、火山のような噴流のなかで、あたしの惨たらしい肉の系譜が露出するときが間近に迫っているのです、言葉の掟、記号の掟、真っ青な草あるいは水となって、真っ青な塩あるいは河となって、しっしっ、あたしにはもう耐えられな

い、耐えられぬ名づけの力、耐えることのできぬ血の暴力、動いて
やまぬ渦となって、しっしっ、あたしの大事な大事な今をかき消そ
うとするこの肉のうずきはもう、真昼の幸福から溢れ出してそして

過ぎるものは何か
ここを過ぎてゆく
一つでないものは何か
——
澄みきった海の
（生みの芽の）遙かなまぼろし
わが名は多数

系族

砕けた冬の貝殻に似たこの響き
遠い
一つの螺旋から立ち昇る
真っ青な血の匂い
なぜわたくしの手は届かぬか
なぜ
わたくしのさまよう手は遠く行き惑うか
ふたつの路
ふたつの平原
それはどこまでも交わらぬ切り裂かれたほそい糸のよう
わたくしの名は
それでもなぜ
見知らぬ（なつかしい、なつかしい）一つの影に呼ばれるか

ようやくね、ようやくだわ、古い大地の底に埋め込まれた一粒の胡桃みたい、そのうねうねと内向する黴くさい襞の中から取り出された光の胞子みたいに輝くあたしの、そう、あたしのなめらかに濡れた小さな陰核にあなたがやさしく歯をたててくれたから、あたしの輝く小さな突起をあなたが正しい歴史の表面に押し出してくれたから、充血するあたしのたった一つの現在をあなたがやさしくその風のような唇で包んでくれたから、きっぱりと、そう、きっぱりとあたしは否定することができる、瀕死の過去から瀕死の過去へと送付され続ける死んだ時間、この場所で死んでいく生身の言葉の埋葬をいつまでも遅延させ続ける空虚な砂の論理のはびこりを、言葉の死について言葉を書き綴るのは愚かなこと、だから、もうこの部屋を離れるのだ、そしてたしかな糸を辿り、氾濫する外の流れに身をゆだねるのだ、そうささやくあなたのやさしい唇、やさしい指先、でも、それでも饐えた神話の力が今でもあなたの背後にはあり、あなたの言葉をうすく滲ませているから、化石のように狂うことのないあなたの強い精神からあなたにそっくりの分身たちを繁殖させているから、あたしに信じられるのはただこの岸辺に漂着する宛先のない手紙だけ、その消えかけた文字のあいだに棲む蟲たちの声、彼方からやって来る気高い蟲たちのさざめきだけ、おお、燃える！　燃えあがるあたしの過去からの血！　その匂いたつ記憶の渦に飛び込む勇気をください、あたしの毛のひとつかみ、あたしの肌の震えの一つひとつを浸すこの匂う液体の起源をさぐる勇気をください、もう待てません、もう待てないので鳥を見にゆきます、種を見にゆきます、あたしの肉を啄む盲いた鳥たちの嘴を見にゆきます、そこはただれた時刻、失われた巨大な系族の物語と物語の掟を殺すきれぎれの比喩のあいだ、失われた母の温かな二つの乳房のあいだに穿たれたむごたらしい亀裂です、あたしが人の名を持つことがなかったのはなぜ、この沸騰する血に、この国の干乾びた言葉が名づけることができなかったのはいったいなぜ、おお、はじまりの合図、鳴り響く終わりのない彷徨のはじまり、あたし、狂おしいはじまり、つねに終わりからはじまる狂った葉脈、あたしの名前、謎である名前

性という過去
死者たちの行ない
啞者の過去
――立ち戻るか、立ち戻るか
聖《ひじり》たちよ、
かつて生きたことのない草のゆらめき

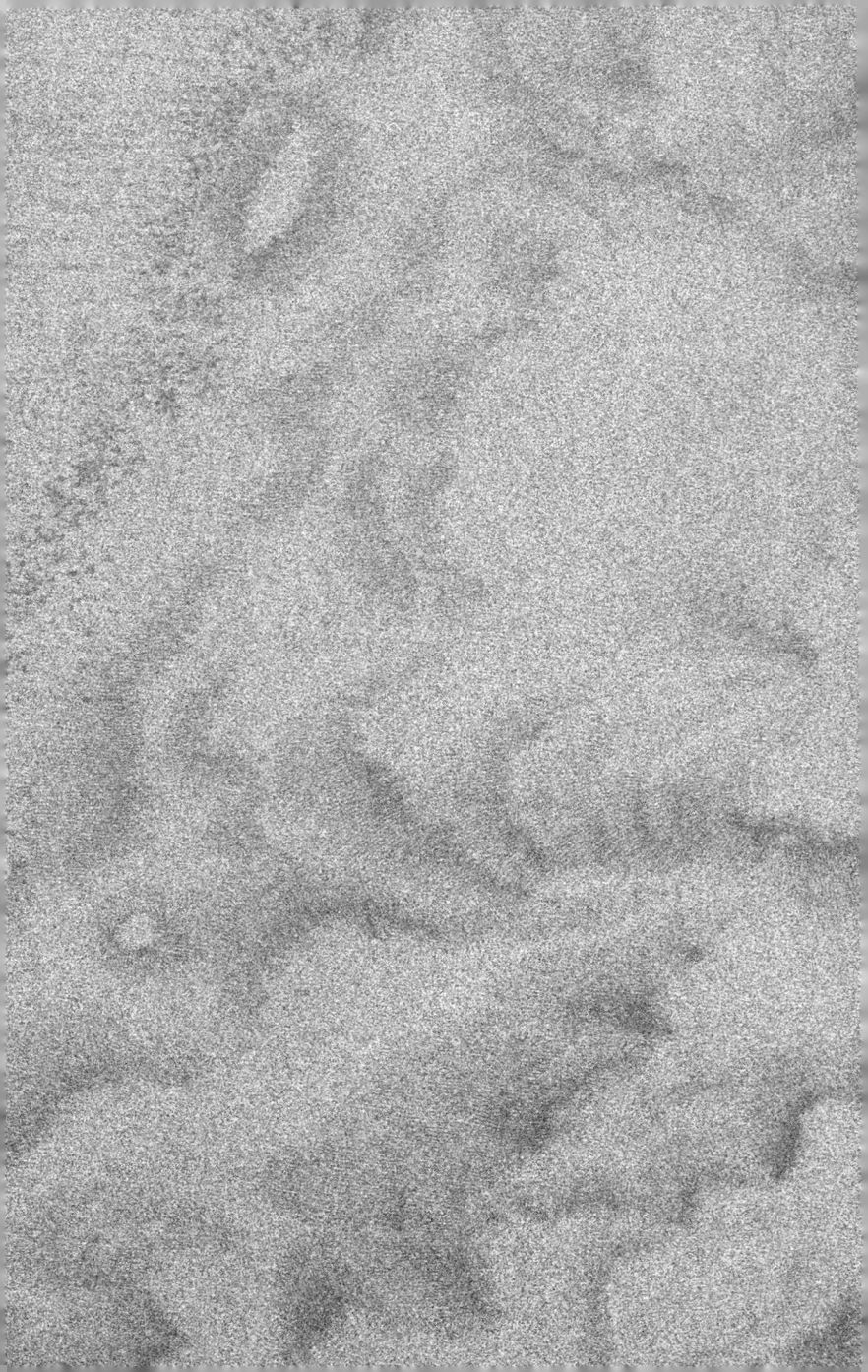

蟲

流れ出した冬の匂いの中にはまだ断ち切れぬ糸の条痕が揺らいでいるから、まだ拭い切れぬ愛しいあのひとの体液のぬめりが残っているから、まだ読み切れぬまだ見ぬ人々の来歴のざわめきが漂っているから、つまり、溢れる沈丁花の香りはまだやって来ずしたがってあたしの時間はまだ乾涸びた現在に縛りつけられたままなのだから、あたしは試みる、あの日の名前、あの種族の名前、失われたあの土地の名前を復元することを、あたしの大事な大事なこのかすれた黄色い皺だらけの文書の面には今日もたくさんの蟲たちが集まりたがいの失われた肢と鞘羽根の記憶を喰らい合い吐き出し合いながらいつまでもひしめき蠢きいつまでも分かれてゆく気配がないので、あたしは書きとめる、永遠に似た一瞬の誓い一瞬の狂い一瞬の殺意一瞬の恍惚を、それはここにあるあたしの濡れそぼった犠牲の孔にだけ許される禁忌の行ないここにあるあたしの充血したぴくんとふるえる陰核にだけ感じ取れる古い呪術ここにあるあたしの透き通ってゆく白いふたつの瞳にだけ見て取れる消え去った血族の影、おお盲目！　おお暗黒！　盲いたるあたしの眼差しだけがそれでも出会うことのできるこの宿命の地図！　まるで灼熱の島の迷宮のようにあたしを誘いあたしを滅ぼそうとするその鈍く遠ざかってゆく煌きにあらがうことはできないから、あたしは小さな裸の足を踏み出すそれは遠くまで赴くためそれは断ち切れぬ糸に吊り下げられ汚穢の血をあびてゆらゆらと揺れ続けるあたし自身の体を抱きしめるためそしてそれは遠い父祖たちの無言の祈りをあたしがもう一度生き直すため、ああこんなにもあなたのことを思っているのにこんなにもあなたのやさしい指先のことを思っているのにこんなにもあなたの汗とはげしい吐息に深く包まれているのに、それなのに、ああなぜあなたから受け取ることができないのでしょう、あなたのほんとうの声、あたしとあなたを永遠に結びつけそして終わりなく追放するあなたのほんとうの記憶あなたの汚辱にまみれた血と骨のほんとうの名前を！　でも、それでもかまわない、今日この冷たい風にむけて体を開くとき、あたしは幸福です、なぜならもう流れ出した別の季節の匂いは途絶えることがないから、もうはじまった別の時間の力を押しとどめることは誰にもできないから、つまり、ここはすでにたくさんの愛しい消え去った人々を迎え入れることのできる秘密の環に変わったのだから、こんにちは、愛しい人たち、こんにちは、あたしの肉を貪った愛しいひとでなしたち、あたしは挨拶します、おお、あたしとあなたを結びつけているこの深い淵にむけて身を躍らせながら、ほんとうのむごたらしい幸福に出会うため、そのために、あなたの残したたった一つのしるしの秘密に身を震わせながら

いつか、わたくしたちの名前が呼ばれるとしたら
いつか、わたくしたちの消すことのできぬ名前が呼ばれるとしたら
それは夜、その夜
そのかすかにゆらぐ
時の裂け目に
わたくしたちという
言葉をなくした遠い海の草のために
見知らぬ人が
ちいさなかがり火を焚くとき、
時の峡谷をゆくあたたかな手の人が
ちいさな墓標を立てるとき、
――だがそれでも
わたくしたちの未来の伝記にはただ一つ
「真」という字が欠けており、

だからわたくしたちは
この書物を記さねばならぬのだ
おお、それは転生のための仕種
あり得ぬ救済への
ただれた人称のはたらき
民、民
けっして呼ばれることのない過去
あるいは
たった一度だけ試される
引き裂かれた種族への賭け

（血、
それはかつてたしかにあった
模像の誘惑
真実という無限の隔たり）

夜、
——その夜
時のなかに穿たれた一つの、
否、夥しい空白
無数の白い欠損

わたくしたちの来歴は
いまだ古い地図の迷路のうえをさまよっているから、
いまだ辿ることのできぬ
蟲たちの足跡のうえに記されているから、
切り刻まねばならぬ
今ここで
わたくしをやさしい時の池につなぎとめている
わたくしの記憶のやさしい糸を

遠くから響いてくる
一つの声、
聞えてくる「人でないもの」のつぶやき
そのむせかえる湿度は、どんな領土に属するか
名、
土地の名、
どのようにして
それは回帰してくるか

おお、模像
散乱する性愛の痕跡あるいは肉の思い出を切り裂いて
深淵から立ち昇ってくる一つの記号
それは
遠い父祖たちの祈りあるいは呪いであるか
それは

わたくしという
時の孔のなかへ落ちてゆく屑のための強迫であるか
血、
血、
まるで燃えさかる暦の炎のうえに舞い散る雪のように
まるで燃えさかる雪のうえで密かに死ぬ
一片の花弁のように

（わたくしたちを誘惑する
時の虚像、
土地のまぼろし、
――
滅ぼせるか
滅ぼせるか）

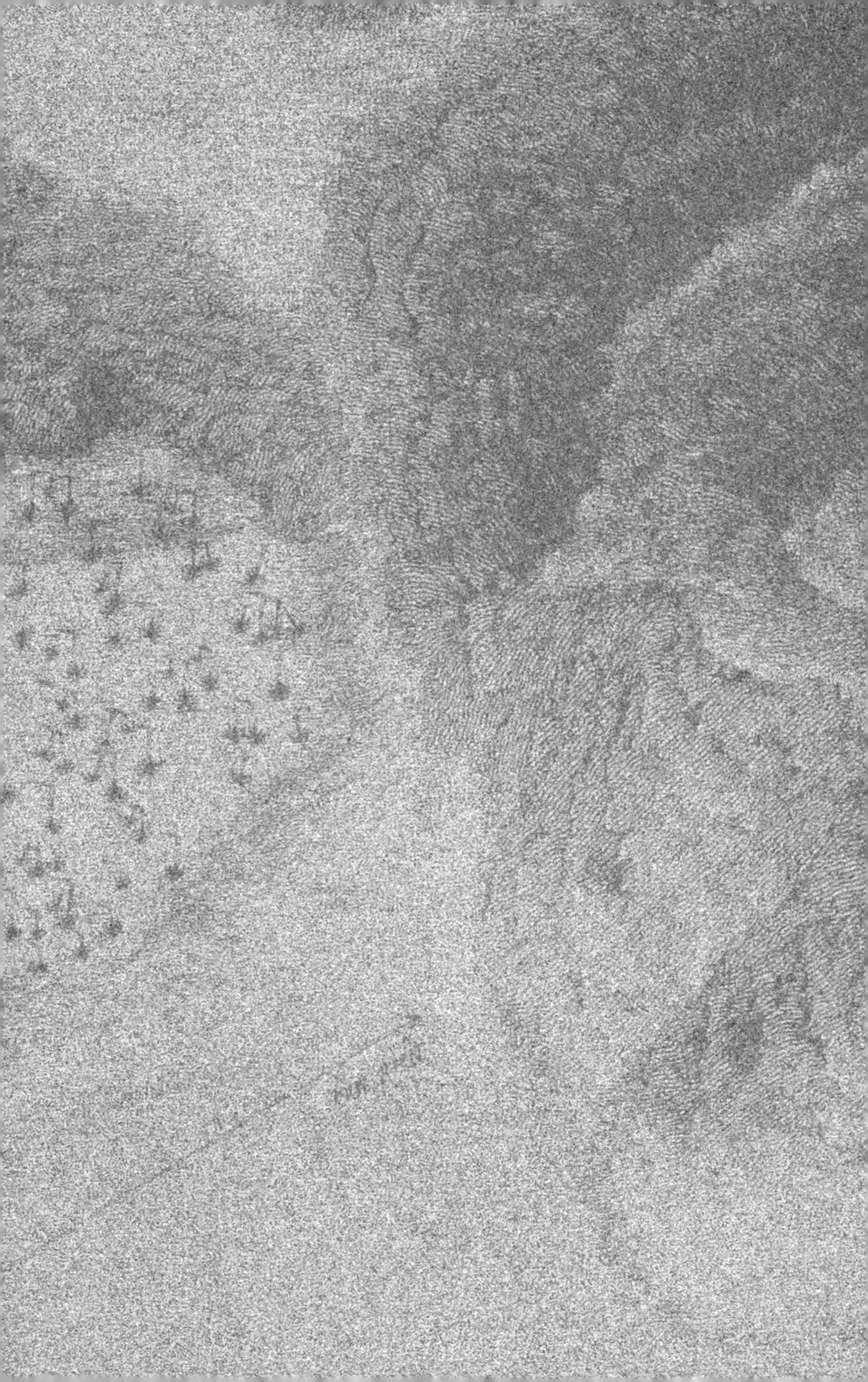

手紙

今朝あなたから届いた手紙は、ほんとうに大切な手紙、あなたが今いる見知らぬ土地の、けれどなつかしいいつまでも鳴りやまぬ雪のざわめきを伝えてくれるほんとうに大切な手紙でした、黄ばんだ皺だらけの紙の面には、愛しいあなたの日々の暮らしの報告があり、その下には秘密の伝言がありました、いつまでもいつまでも読み解かれることのないよう、薄い紙片を二重にし、まるで紙片の隙間をひそかに流れてゆく泉のように書きつけられた秘密のメッセージ、それはあなたの体の間近な遠ざかりを告げるものでした、あたしの秘密の孔を貫いてくる花芯のうねるような動き、あたしを貫きあたしという一塊の肉をどこまでも広がってゆくぬめりと襞に変える屹立する花の茎のくびれ、そのはげしく伝わる体温は、いつだってあたしを心の癒えた一匹の獣に変えてくれましたし、あたしの心の斑をしずかに消してくれました、けれど、ああ、なんて惨いこと、あたしの記憶のなかのあなたはあんなにも近くにいたのに、あんなにも近くからあたしの肌に息を吹きかけてくれていたのに、あなたもまたはるか昔から遠い系譜の迷路のなかへ追放された人、はるか昔から愛しい「ここ」と関わりを持つことを禁じられた人であったとは！　迷路のなかにはたくさんの乾いた糸屑、でなければ乾涸びたたくさんの蟲たちの抜け殻が散乱しているので、散乱するそれら不確かな残滓を拾い集めて、あたしは座る、それはあたしとあなたの孤独を見つめるための仕種、不確かな時の残り屑で小さな道しるべをつくっては壊し、そしてあたしとあなたに残された時間を数え、残された時間の到来を加速するための無為の仕種、おお、孤独、あたしたちが結び合っているのはどこ、激しい結び合いのなかであたしがあなたの隔たりを消し去れるのはいったいどこ、二人して、人の名を持つことのなかった過去へと遡らなければならない、あなたのやさしい手紙はそう語っているように見えました、だから、雪をください、種をください、移動するあなたの凍えた叫びを聴き取れる裸の鳥たちの粒だつ耳をください、ください、あたしの名前、一度も人の暦を生きることのなかった名前、ください、あたしの、口に出せぬ、罅割れた、熱い、血の、系族の名前をあたしにください

（民から民へ、
生まれから生まれへ、
贈られることなく贈られたもの
名を持たぬ
一つの隔たり
はるかな祈り）

手紙 II

（帰りなさい、穢れた土地へ、
帰りなさい、
人でないものの香りによってしばられた
遠い沈黙の土地へ、
それこそがおまえの未来、
来るべき
それこそが生涯の血の糸の歌）

なに一つ、なに一つできなかったあたし、なに一つ自分の心を通してあたしがあたしであることを確かめられなかったあたしの、古い、遠い昔の名前、あの物真似と綾取りと野辺の送りについて行くことしかできなかったあたしの古い古い名前が、どうしてあなたの今を震わせるのでしょう？　あの頃あたしは飢えていました、まるで熱く燃える砂の流れの中に追放された一匹の蜥蜴みたいに、まるで熱く燃える葉しげみの中に包み込まれた一匹の蠕虫みたいに、まるで熱く燃える水の中で燃え尽きる一匹のカゲロウみたいに、そう、あたしはひどく飢えており、だからあたしは探し求めたのです、二度と喪われることのないしるし、決してあたしの手から離れていかない心の斑を、それは斑、今、あなたに宛ててあたしが書き送る濡れそぼったあたしの心の斑、ああ、なぜこんなにも激しく濡れているのでしょう、あなたはまだ遠くにいるのに、あなたもまだ古い坂とまっさらな骨のあいだを落ちていく遠い隔たりの中にいるのに、美しい名前、美しい調べ、今日、あなたは殺すことができますか、あたしとあなたのあいだにある、まるで馬のように臭う美しい精神を

（しっ、しっ、
しっ、しっ、
今日、わたくしたちは零れ落ちていく残り滓、
時のなかに場を持たぬ、
たった一つの
苦界の結ぼれ）

仮面

（骨片！
今、手のなかで光りはじめる
一握りの
薄紫色の骨のかけら！
なぜそれが
わたくしに告げるのか、
今がその時であること、
遠い皮膚たち
遠い皺だらけの人の葉むらを超えて
穢れの物語を
繁殖する血の系図を今こそ見通すべきであることを！
おお、父祖たちよ
ここへ来るがよい、
やって来て、このわたくしの素顔を暴くがよい、

幾重にもかさなり合った古い仮面を砕く
血族の刃を受けて
わたくしの額がいったいどんな血しぶきで応えるか、
験して見るがよい。
だが父祖たちよ、
わたくしは模像、真実の敵
わたくしは多数、
底なしの淵に落ちては這い上がってくる
あの声なき蟲たちの友）

聴こえる！　また聴こえるわ！　あの女の声、さらさらと流れるこの河のむこう、流れる水のむこうの生暖かい土地へと誘う、あのかぼそいけれど粘りつくような女の声が！　むこう側にはたくさんのいいことがある、乾いたあなたの体をつつんでくれるやさしい毛、傷ついたあなたの言語を癒してくれるなめらかな気流、罅割れたあなたの心を舐めまわしてくれる温かな舌が、ほら、いいでしょう、おいでなさい、ためらわずに、あなたの疲れた足をこの水に浸しなさい、あなたのわずかに残った勇気をこの流れにまかせなさい、そうすればいいことがある、たくさんのいいことたくさんの快楽たくさんの安心たくさんの淫らな草の中に溶けてゆくたくさんの未来が待っている、約束するわ、あなたの未来がこちらの岸辺のすぐそこにあり、すでに真っ白な書物のページのうえを走りはじめていることを、でもだめ、あたしはちがう、あたしはあの女じゃない、この境界を満たす無数の声の反響の中で、もうあたしはあたし自身の声を聴き分けられなくなっているけれど、もうあたしはあたし自身の体をあなたに差し出すことができなくなっているけれど、もうあたしはあたしのたった一つの唇をあなたの震える唇に押しあてることができないけれど、あたしはここにいます、あたしはここにいて、聴き分けようとしています、このざらつく紙のうえで、この文字の群れのうえで、あたしとあなたの孤独を証し立ててくれる別の生臭い獣の声を、巣穴に潜む一匹の狂った獣の声を、しっ、静かに、近づいているわ、決壊のときが、贈られた系譜の縁《へり》にたたずみながらいまだほんとうの時間の手前にいるあなたを凶暴な未来にむけて押し流す力、汚辱にまみれた過去からやって来る悲しみの氾濫のはじまるときが、しっしっ、しっしっ、やって来るわ、悲しみのときが、血族の悲しみの中へあなたを追放し、そして離さぬ悲しみのときが

聖《ひじり》たちよ、盲目の聖たちよ、
わたくしたちの在ることは
すでに解き得ぬ糸車
聖たちよ、盲目の聖たちよ、
今日、二人はどこへ生まれるか

掟

（系譜の謎、
震えるいく筋もの糸から
したたり落ちる
この蜜のようなもの
わたくしたちの影を写しながら落ちていく
水滴のようなゆれる文字たち
おお、煌き
不定形な光の祝祭よ
汝らは今、とどめるか
わたくしたちの紅のような暦
血の匂いに染まった深いこの闇の時刻を
臓物
皮
骨そして名

汝らは今、とどめるか
わたくしたちの
けっして刻まれることのなかった
漆黒の暦を）

「雪！　またしても雪！
暮れることのない真夏の夜の陽射しのもとで
今、あたしが求めつづける
真っ白な約束！
ねえ、してくれるでしょう、
また約束してくれるでしょう、
あたしの肌を焦がす熱い打ち込み
あたしの髪をすくいあげ、
燃える鐘楼の音域まで届けてくれる
あなたの細い指先の時間を
それは
あたしの国で人々が作り出す掟の暴力
贋の王たちの言葉と現存を
正しい錯乱へと導くひそかな儀式

正しい模像へといざなう呪術
どこまでも透明な
あなたの瞳は鏡であり
あなたのまなざしは
古代からやって来る見知らぬ光の束だから
誰ひとりその拘束を逃れることはできぬ
掟とその影の中でざわめく時間
正しくあることの底のない深淵
正しくあることへの終わりなき追放
しっ、しっ、
それは立ち戻ってくる謎
永遠に回帰する人でないものの結び合い
あなたの手の中でもう一度
あたしがあなたにそっくりの
柔らかな毛で蔽われたもうひとつの真実となるとき、

しっ、しっ、
あたしたちは二人
永遠に二つに割れた煌く真実」

蟲たち、
群がり、蠢く
数知れぬ蟲たちの歌
掟のなかで
掟のなかで

掟 II

「掟のなかに入ると、
あたしは一人、黄色い斑に包まれていました、
誰も見たことのない
光かがやく文字に似た
黄色い斑に包まれて、
あたしは一人、宙に揺れていました、
息もできないほどの幸福！
ざわざわと集まってくる蟲たちの見えない鞘羽の音を聞きながら
宿命の地図の予感と
知らぬ間に踏み越えてしまった
禁忌の歩みのかすかな記憶のあいだで
孤独に揺れているのは
幸せでした、
そうです、

間もなくやって来るでしょう、
短い夏のあいだ
一羽の盲目の鳥、でなければ羽のない一匹の蛆となって
あなたに語り続けたあたしの物語
どんな声にものらず、
どんな意味も手渡さない、
二度と帰れぬ土地をめぐるあたしのこの物語が
ついに報われるときが！
それでも
こうして一人、時のないまばゆい光のなかで揺れていると
あたしは思い出す、
あなたはいつだって
あたしたちの物語が
人の浄化の約束となることも
神々の神話となることも拒み

ただ祈っていたわ、
あたしたちの交わすささやきが
永遠に解けることのない枷のなかで鳴り続ける
一つの澄みきった音となることだけを、
この終わりのない語り、
終わりのないこの物語の敵意、
そう、
あたしたち、けっして望みはせず、
けっして受け容れることはない、
あたしたち二人のこの幸福の時間が、
民の名を忘れ、
血の名を忘れた名のない幸福の場所に辿りつくことなどは」

碑銘

(亡き時刻から、亡き系族から離れて
今、鳴り響く梵鐘の音
ふたたび告げ報される
塩の潟の思い出

性、性
名、名
わたくしたちの在ることは
なぜいつまでも硬く閉ざされた秘密であるのか
雪のように
この降りしきる雪のように)

死が近い、何千もの何万もの経文を食べ続け、花びらを咥えて疾走するこの鳥たちの群れの中に人の世界を離れて身を潜め、そしてけっして声をあげることなくしかしそのつど心を燃えさかる炎に投ずるようして祈り続けてきたのに、けっして涙をこぼすことなくこの途絶えることなく体を鞭打つ砂の流れを祈りの力に変えようと努力し続けてきたのに、ああ、あなたの透ける指先はすでにみずからの別の名を真っ白な石の面に刻みつけ、あなたの透ける瞳はすでに別の暦を読み始めている！　この場所に座るあたしたちにとって、死はすでに起きてしまったこと、すでに過ぎ去ってしまった凡庸な日付の繰り返しにすぎず、死は一つのなつかしい出来事となり、もはや昨日も明日も今日も区別がつかず同じ一つの旋律を歌い続けるほかないあたしたちにとって、やがて襲って来る静かな過去の痕跡にすぎなくなっているとはいえ、今ここが、あなたの座る最後の場所、遠い記憶と遠い未来が雪崩れ落ちて来るたった一つの玉座となるのを確認するのは、やはり悲しいことです。腐肉と聖なる名と臓物と血脈と皮と相伝とが重なり合った錯乱する系譜の末裔にあることを知ったとき、「氓」の一文字を煌く一筋の糸に書き込み、あたしたちの永遠の約束の指輪を作ってくれたあなたの悲しみ！　でも、それでもあたしたちは生き延びる、生き延びていく、死が近く、たとえ死がすでに起きてしまっていたとしても、それでもなおあたしたちは吐き続ける、石に似た永遠、干乾びた海の藻のからまりに似た永遠、飴色に光る蜜蜂の巣の孔に似た永遠、否、そんな贋の永遠から遠ざかりながらあたしたちが吐き続けるのはあたしとあなたの永遠の分離であり、永遠に出会い損なうあたしとあなたのねばりつく唇、そこから飛び立っていく爽やかな子音の敵意、そう、死に近く、あなたは今、すべての夜と苦界の記憶を転生させようとしているのね、いつまでも鳴り止むことのないあの梵鐘の彼方に、いつまでも降り止むことのないあのたったひとひらの、否、無数にして同じひとひらの雪の彼方に、そう、死に近く、あたしたちは無数、あなたとあたしのねばりつく性と走り抜ける音域は無数、あなたがくれたたった一つの大切な贈り物、それはあたしの孤独が無数であり、あなたの孤独が無数であり、それゆえにあたしたち、いつまでも二人、この果てしない迷路の中で、いつまでも二人して抱き合いながら触れ合いながら一つであることを拒否する無数であることの生のしるし

かつて
わたくしはあった、
あることの不思議を信じた
今、わたくしという無数の民の名は
あること、そしてないことの、
同じ一つの
かすかな結び目

聖

（無縁なるもの、遠きもの
今、瞳に映るのはただ
さびしそうに流れていく
蟲たちの死骸
もう還ることのない
もうざわめくことのない
砕けた貝殻のような群れ
無縁なるもの、遠きもの
それでもなぜ
わたくしは在るのか
なぜわたくしは
この流れとともに
人でないものの声で歌いつづけるのか）

この庵に辿りついて、はじめてあたしは知りました、人知れぬ岸辺の崖で短い生涯を終えるセイタカアワダチソウの群れのように、冷たいひと夏を越すこともできぬどれも同じ姿の無数のフナムシのように、でなければ屠られる野牛とともに死ぬ体内の蠕虫たちのように、孤独なあたし、孤独で名のないこのあたしのためにすら、ひとつの足跡を残した誰かがいること、孤独で影のないこのあたしのためにすら、ひとつの声を残してくれた誰かがいるということを、こうして小さな、けれど肌を切る風からあたしを守ってくれるこの薄暗い場所で膝をかかえていると、聞こえるはずのない声が聞こえます、ついきのうの夕べ、あるいははるか記憶の彼方の昔に、あなたはここに座り、そして祈っていました、まるでそうすることでしか系譜の糸の果てしない絡み合いをほどくことができないかのように、まるでそうすることでしか汚辱と超越の経文を読み解くことができないかのように、つまり、そう、まるでそうしなければあなたの今が消え去ってしまうかのように、残っているはずのないあなたの体温を感じながらあたしは知りました、この世界を蔽う人の名を騙る野蛮と生の名を騙る亡霊ども、この世界を貪り「生存」の場所を誰も生きることのできぬ模像に変え続ける意志の溶け出す源泉、そこにこそあなたの祈りの切っ先は向けられており、だからあたしも救いのかけらを手にすることができるということ、死んだ蟲たちとともに死に近く、けれど生き延びていくことができるということを、でもなんということでしょう！　あなたがすでに還り得ぬ道をふたたび選び、すでに血族の物語すら破壊しようとしているとは！　血族の物語を離れ、あなたがすでに生者でも死者でもない永遠の聖《ひじり》の名のうちに、すべての時間、すべての散乱を叩き込もうとしているとは！　しっ、しっ、むこうへ行きなさい人の名を騙る者たちよ、あたししっ、しっ、むこうへ行きなさい祈りの名を騙る者たちよ、あたしたちの夜は深い、底知れぬ深い非望の夜のなかにあたしたちはある、夜とその夜、知るがよい、人でないものの祈りによってあたしたち

人よ、
人に近く、　人から遠く
今日、
わたくしたちは誰であるか

秘密

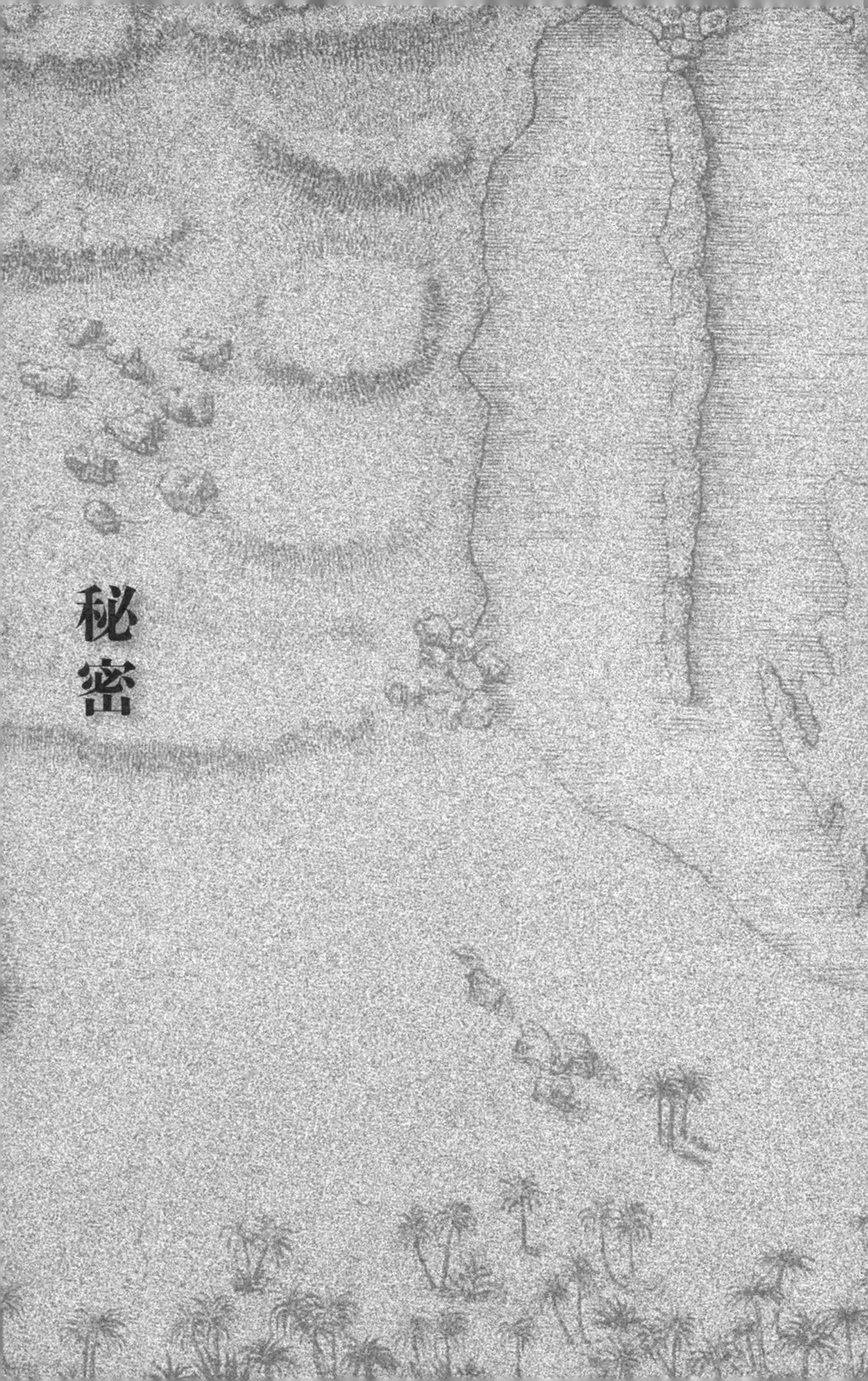

草の香り、陽の翳り
わたくしたちはもう、
古い昔に
人であることをやめたから、
この世界で
贋の光に守られた
輝く言の葉を交わす幸せな鳥であるよりも、
闇の中で
幸せな鳥たちの獰猛な嘴が喰い散らす
幸せな蟲たちの死後の性を生きることを選んだから、
わたくしたちにできるのはただ、
この世界の只中に
転生する無数の辞書の空間を開き、
雪崩れてゆくこの黴の数々を掬い取る

貪欲な湿った舌であることだけ
おお、父よ、
なぜあなたは沈黙を守ったか、
帝国の政策を静かに綴ったその筆の手を、
なぜあなたはやさしく葬り
代わりに幼いわたくしを抱きしめたか、
長い忘却の歳月の後、
その繊細な指先で
なぜわたくしの未来をきっぱりと定めたか、
帝国の指令の代わりに、
帝国の死後のこの土地に

しっ、しっ、お黙りなさい幸福の嬰児《みどりご》よ、しっ、しっ、お黙りなさい幸福の幼な子よ、おまえの未来はすでに血みどろの熱帯の森の中に刻まれてある、その痕跡を辿ることこそがおまえの使命、絶望的な乾きを癒してくれる椰子の実の束の間の慈悲、敗走する兵士たちの視線の先を飛んでゆく極楽鳥の尾のゆらめき、ずぶ濡れの壕の中の絶対の孤独と引き延ばされてゆく終わりの時刻、それらの鮮やかな像こそがおまえのもとに到来するすべての記憶の底にあり、おまえのもとにやって来るすべての善きものの背後にある、おお刑苦！果てしのない苦しみ！　私にはわかる、おまえが幸福と呼ぶ感情がつねに戦いの地の深淵と境を接していること、つねに血と腐肉の香りにつつまれていることが、だから開くがよい、おまえを縛りあげている言の葉の糸、おまえの指と瞳と魂を凝らせている未来の記憶の枷、つまりはこの「名」の結界を無限の混沌へむけて開くのだ、かつておまえは書き記した、春の野に咲き乱れる睾丸や夢の皮を切り裂いて溢れ出す花粉の美しさ、天の書から滲み出てくる数限りない畸形児たちの掌に刻まれた真実の文字、さらには人民の骨を染める紅色の韻律の壮麗さを、おまえは書き記した、書き記すことで、それらの現れを加速した、正しかった、それは正しい振る舞いだった、だが、今や別の声を聴く刻だ、いまだ誰も耳にしたことのない声、あの乱鐘の中から響いてくる誰のものでもないたった一つの無数の声こそを、聞こえますか、あなたがあたしの愛する茎、たった一つの無数の孔を貫く大事な大事な黄金の茎であったとき、人々は氾濫する時の大河を渡り、真っ白な雪に蔽われた真っ白な時の大地へと進んで行きました、聞こえますか、人々は進んで行きました、あなたとあたしの婚礼を祝福して真っ白な経文を唱えながら歩んで行ったのです、ええ、狂っているのかも知れません、たしかに狂っているのでしょう、でも、それでもそれこそが好機であり、おまえが一つの名の運命を白日のもとに晒すとき、それは一つの絶対の合図となり、おまえとあなたとあたしとわたくしたち、すなわち、永遠の雪の中で結ばれた熱い結晶のような一つの未聞の人称を生み出すことでしょう、聞こえます、耳を聾する鐘の音が、おまえとあたしを歴史の嬰児に変える永遠の鋭い糸の音が、だから座りなさい、そこ、帝国の廃墟のうえに、そこ、蘇ってはならない玉座の影のうえに、しっ、しっ、座りなさい、しっ、しっ、お黙りなさい、おまえはもう死んでいるのだから、お黙りなさい、生きながら愛されながら呪われながら祝福されながらおまえはもうここにおらず、ここにおり、それでもあたし、おおここにおまえと座っているのだから

（あれは
いつのことだったか、
しだれる花の枝々に薄紅色の蕾があり、
一羽のつぐみが手の中に落ちてきて、
わたくしたちの
刻を告げた
それは砕けた刻、
静かな
柔らかな
たった二人きりの肌の刻）

刻

（あれは、いつのことだったか
しだれる花の枝々に薄紅色の蕾があり、
一羽のつぐみが手の中に落ちてきて、
わたくしたちの、
二度とはじまらないわたくしたちの
物語の刻を告げた）

わたくしの口から
こうして絶え間なく
消された経典の聖句が流れ出す今、
消された一族の系譜を
どこまでも続く紙縒りのように
細い条痕としてこの狭い庵の壁に刻みつけようとするのは、
はたして無益な振る舞い、
宛先のない手紙のような無為の営みなのだろうか、
わたくしの似姿
それは蚕
——糸のない
それは一羽の鳥
——耳のない
それは夥しい蟲たち

――呼ばれるべき名を持たぬ
けれども
わたくしという引き裂かれたこの刻は
それでも目に見えぬ漆黒の星座となり、
あなたがたの目には決して届かぬ不死の光を永遠に
わたくしに代わるつぎなる永遠の世代のために送り続ける、
おお、
これは贈り物
どんな似姿も似ることのできぬ
刻の怪物であるわたくしが授ける賜物、
死にゆく（おおそれは誰！）代わりに
あなたがたが受け取らねばならぬ
腐臭に充ちた生存の証し

なんという驕り！　なんという騙り！　こんなにもあたしが生命の糸を縒りながら死にかけているというのに、こんなにもあたしが熱い性の炎を燃やしながら凍えてゆくというのに、こんなにもあたしがあたしの自身の名を探し求めてさびしい蟲たちの群れの中を彷徨っているというのに、要するに苦があり、こんなにもあたしが苦しみぬいているというのに、あなたはまだ隠喩の世界、きらびやかな、あるいはむせかえる思弁の香りの世界に留まり、この世界にそっくりな贋の世界の掟を説き続けようというのですか、あれからあたしがどれほどたくさんの老人たちに出会い、どれほどたくさんの粒だつ物語を食べてきたか、どれほどたくさんの腐臭を放つ赤ん坊の夢を見てきたか、つまりはどれほどたくさんの蠢く「実在」に貫かれてきたか、あなたにはけっして理解できないでしょう、春の光はいつだって歴史の終わりを不能にし、冬の光はいつだって物語の背後から人々の終わりへの希望を不能にしてきました、あたしがひとかけらのパンを望むとき、それは文字通りあたしの撤回不可能な明日への願いを要求しているのであり、あたしが一冊の書物を望むとき、それは文字通りあたしの不朽不滅の記憶が限りなく転写されることを要求しているのです、聞こえますか、これはあたしのかすれた欲望の声、あたしのか細く捩れた肉の残響、いや、でもちがう、そうではなくあたしが聞き取ってほしいのはただあの日の煌き、錐揉みながら落ちていく螺旋の光の中でまるで傷ついたフナムシのように小さく飛び跳ねようとするあたしと、小さな光の中でまるで切り裂かれた鉛の花びらのように舞い散ろうとするあなたとが、たったひとつの鐘の音となって、音のない砂の世界へ旅立とうとしたあの日の輝きだけなのです、不思議です、なぜあたしはここにいて失われた血族の暦をそれでもなお繰り返そうとしているのか、なぜあたしはここにいて喪われたあなたの思い出を砕け散る石版の表面に読み取ろうとしているのか、喪われた蟲たち、喪われたいくつもの系図、喪われた幾筋ものあたしたちの血の匂い！　おお、父祖たちよ、あ

たしたちの葬られることなく葬られたはるかに遠い過去よ、あたし
たち、いつまでも祈り続ける、いつまでも、あたしたちがあれら屠
られる獣たちの澄みきった両の瞳に揺れる永遠の双子となる日まで

（水の流れ、
血の溢れ、
いつまでも絶えることのない
ほそい一筋の
花芯のような亡霊たちの糸の音の流れ）

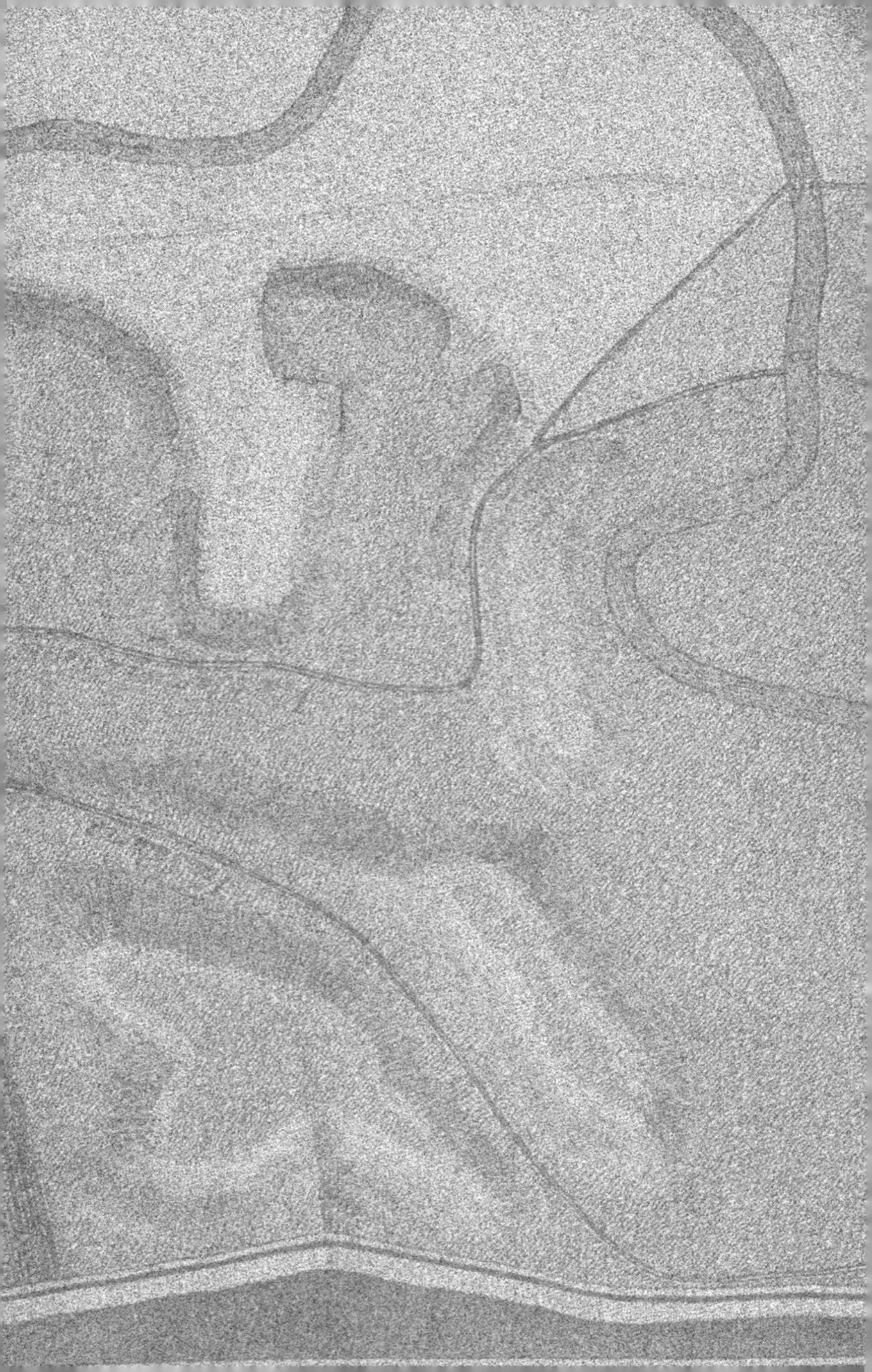

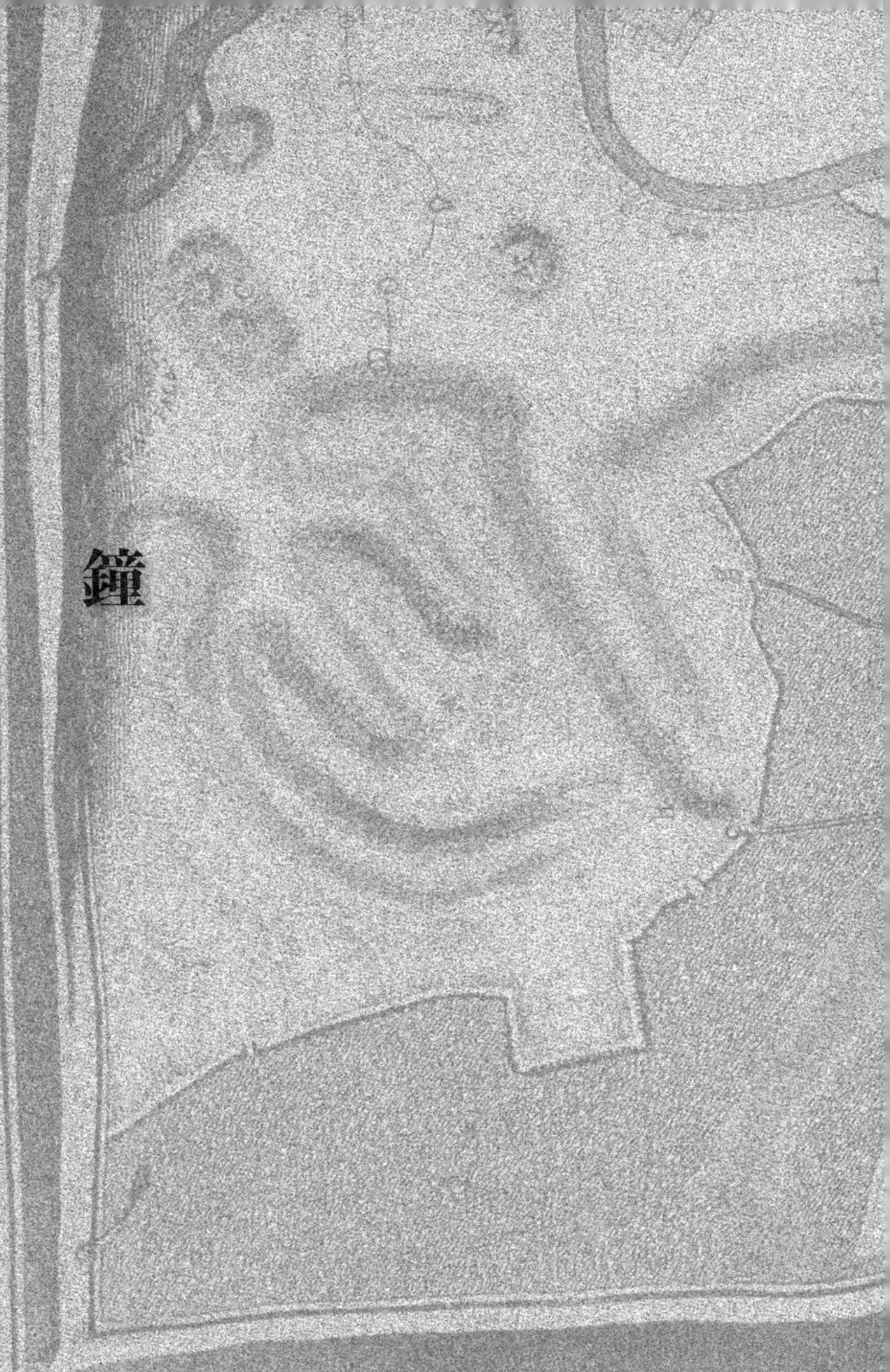
鐘

亡き時刻から、亡き系族から剝がれて
砕け散り、舞い上がり、
飛び去りながら
このかなしみの領土一帯に
わたくしの亡き物語を告げ知らせようとしてくれた
これら静かにざわめく文たち、
汝らは今
どこへゆこうとしているか
もはや聖なる文字を刻むこともできず、
この身に染み込んだ経典の
紅色の旋律を唱えることもできず、
今、わたくしにできるのは
ただこの白いページのうえに
盲いた眼差しを走らせ、

遠い過去からやって来る
かすかな一つの震えるしるしを捕らえようとすることだけ
おお不能！　何一つ語ることのできぬ、
何一つ確かに描き出すことのできぬわたくし！
だがそれでも、
無為の聖《ひじり》であるわたくしの傍らには
いつでも蟲たち
やさしい性の蟲たちがおり、
わたくしの失われた声と失われた血族の名を
秘かに
繰り返し伝えてくれるだろう
――時間、時間、
なぜそれはいつも
過去から未来へと続く確かな糸であることをやめ、
この底なしの水底へと落ちてゆく

孔だらけのひしゃげた一つの小石に変わってしまうのか
——秘密、秘密、
なぜそれは
黒いヴェールに包まれた真実の伝令であることをやめ、
いつも二人に、
いつも二人だけに手渡される
万人の眼に晒された輝く系図であり続けるのか
(握りしめていなさい、いつまでもその小さな掌の中に)
(溶かしておきなさい、いつまでもその系族の冷たい血の中に)
わたくしたちは二人
けっしてたがいの顔を見ることのないまま、
けっしてたがいの瞳を合わせることのないまま、
ただここに座る、
啞者の掟を守る二匹の猿の姿で
鳴り響く

無音の終焉の鐘を待ちながら

いつかやって来るか、
やって来るか、
わたくしが一人の死者として、
否、無数の亡き血族の最後の証人として、
この暗く波打つページのうえに
永遠に立ち上がる
栄光の日が

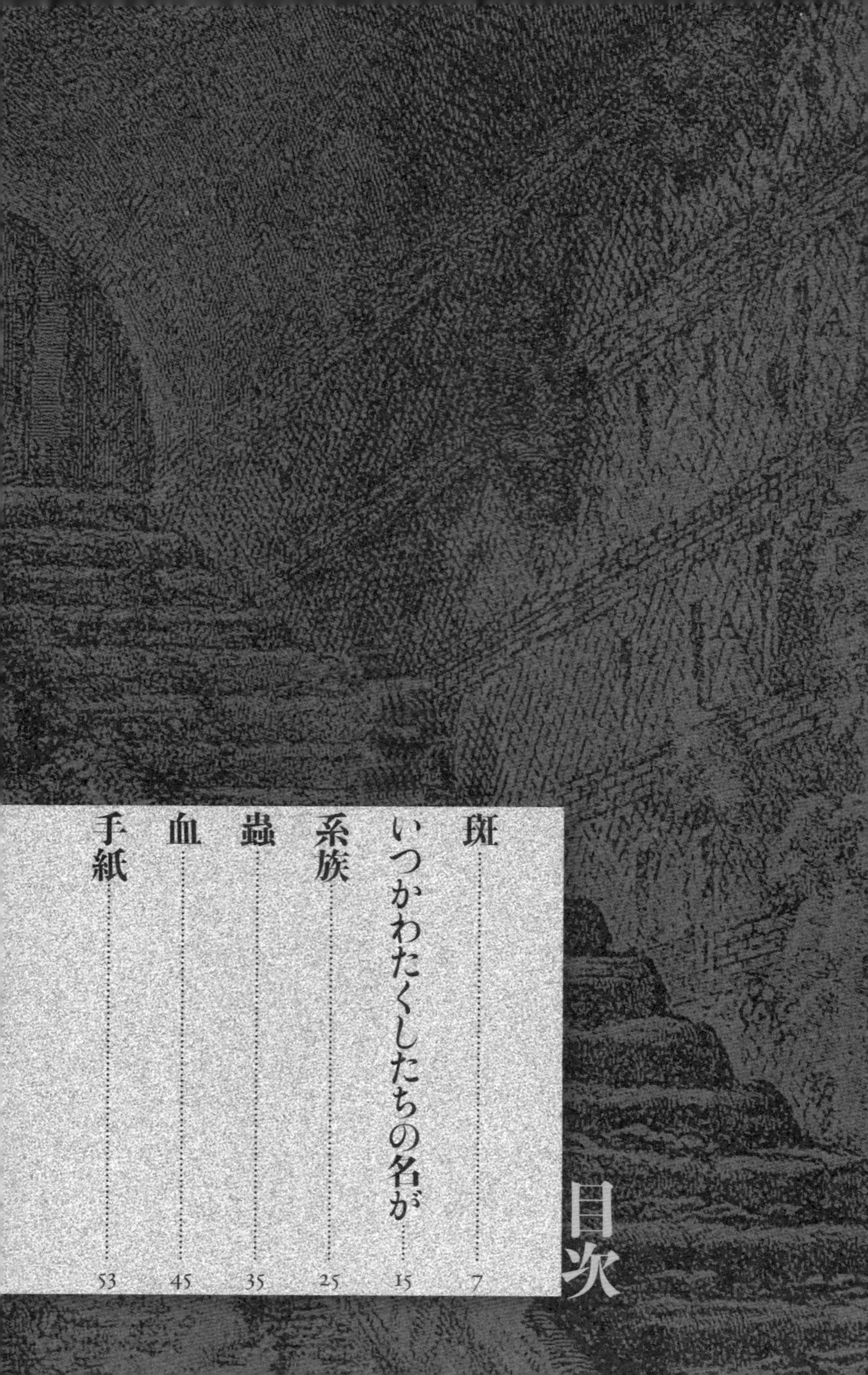

目次

跋

本書は、つぎの各誌に発表された一連の詩篇を改稿し、再構成したものである——

「斑」……「現代詩手帖」二〇〇一年九月号
「いつかわたくしたちの名が」……「ユリイカ」二〇〇二年十一月号
「系族」……「現代詩手帖」二〇〇三年一月号
「蟲」……「現代詩手帖」二〇〇四年七月号
「血」……「現代詩手帖」二〇〇四年八月号
「手紙」……「現代詩手帖」二〇〇四年九月号
「手紙 II」……「現代詩手帖」二〇〇四年十一月号
「仮面」……「現代詩手帖」二〇〇五年一月号
「掟」……「現代詩手帖」二〇〇五年七月号
「掟 II」……「現代詩手帖」二〇〇五年八月号
「碑銘」……「現代詩手帖」二〇〇六年一月号
「聖」……「ユリイカ」二〇〇六年二月号
「秘密」……「現代詩手帖」二〇〇七年一月号
「刻」……「現代詩手帖」二〇〇八年一月号
「鐘」……「現代詩手帖」二〇〇九年一月号

これらの祈りの詩篇を、
わが父祖たる聖たちに捧げる

系《けい》族《ぞく》

著者　守中高明《もりなかたかあき》

装幀　鈴木一誌・大河原哲

発行者　小田久郎

発行所　株式会社思潮社

郵便番号：一六二―〇八四二

東京都新宿区市谷砂土原町三―十五

電話：〇三―三二六七―八一五三（営業）

〇三―三二六七―八一四一（編集）

ファックス：〇三―三二六七―八一四二

印刷　三報社印刷株式会社

製本　誠製本株式会社

発行日　二〇〇九年七月二十五日